イーハトーブの数式

大西久美子

新鋭短歌

イーハトーブの数式　＊　目次

イーハトーブの数式

I

なはん

新しいチョークのやうに立つてゐる分校跡地に残る白樺

まつしろいブラウスみたいな風の吹く盛岡、少し汗ばんでゐる

なんとなく語尾に「なはん」とつけてみるやさしい岩手の風を感じて

夕方をひきずるやうに通過する夏の平野に駅が落ちてゐる

盛岡に黄色い風が吹いてゐるをかしくないさ眠たいだけで

大祖母《おほおば》の「なはん」の語尾がなつかしいイーハトーブに送り火を焚く

定型をおぼえてここは自由席　9号車には車掌がゐます

盛岡を覆ふ冷たさわたくしは頬を晒して終電を待つ

スカートのレエスは氷でできてゐるイーハトーブの冬の車輛は

0番線プラットホームに雪を踏む「しばれるなはん」のこゑを聞きつつ

面会の記録ノートが埋まらないグループホームに九人が住む

盛岡をまるごとくるみこんでゐる（しばれるなつす）雪のショールは

水

きのきのとかすかに軋む音のする落葉樹林の三月の夜

海面がうねり始めてゐるらしい　回転灯が作動してゐる

オリーブを啣ふる鳩が墜ちゆきて缶に収まる五十本のPeace

ちぎられたコードのやうな悲しみにふるへるあづさ弓なりの島

輪郭をくづして淡くひそほそとひそほそと降る盛岡の雪

がらんどうの倉庫のやうに立ちつくす　ペットボトルの水がもうない

水ならばなんでもいいってわけぢやないこはいんです雨、皮膚を濡らして

水道の水をコップに入れて飲む　こはい感覚すこし濃くなる

青空がつらの向かうに見えてゐる通勤時間の無人の駅舎

工場があつたはずだが青空と瓦礫のやうな明日しかない

ダンプ車の運ぶ瓦礫に金属の混じりてけふの夕陽を弾く

修復を待ちゐる線路のクラックに溜まつた水が凍りはじめる

一斉につららがとけて地を叩く　ばらざんだばらざんだだだだだつ

あからひく朝を渡れる旋律となりて日本のさくら咲き継ぐ

にんげんの瞼が剥がれてゆくやうな桜吹雪のまんなかにゐる

灰色の猫がひつそり棲んでゐる島田醫院の春の夕暮れ

いういうと水面《みなも》に白く浮いてゐる雲よりいづる真鯉の口が

海沿ひの瓦礫の上を飛ぶかもめ　さくら色した足を揃へて

塩つぽい音たてながら銀色のボウルに浅蜊が生きてゐる、まだ

ここはもう人なんてゐないひあふぎの貝が自在に泳ぐ海原

ジェリービーンズ散りぼふやうにこの朝は水平線まで海が明るい

宮古小の名札の子らと展望す梅雨の晴れ間のイーハトーブを

青空を捩ぢつたやうに映しだす蛇口がならぶ夏の校庭

息だけでいいんぢやないかここはもうことばがなくて咲くおのまとぺ

ドライアイス

雲を吐く雲を見てをり天空に煙草をくゆらす父のとなりで

歳を経て味まろやかな老酒《ラオチュウ》を素焼きの甕より父と酌みあふ

やはらかい楽器のやうな母に添ふ（ドライアイスは冷たいでせう）

もう一度あなたのこゑが聴きたくてむらさき色の雑踏にゐる

クランケンハウス

胸水をひそめるひとはただ眠る虹の季節も雪の季節も

日めくりを九月五日のままにして父はこの日に入院したのだ

脱皮するさなぎのやうにむきむきと看護師たちがはづす手袋

病床の父に会ふためのつてゐるエレベーターよ　わたし、さみしい

玉ねぎを剥きゐる指に絡みつく薄皮みたいなあなたの言葉

はじめから結論をもつてゐるらしい父の主治医はわたしを見ない

塩味のキャラメルばかり舐めてをりあなたがゐないあなたの椅子で

筋力を失ひし父の鉛筆に薄日は射しぬ十月二十日

病んでゐる人がわたしの手と足を果実のやうにもぎ取つてゆく

勤務医の引きずるやうな足音を今夜も明日も病廊が吸ふ

病廊に貼り付いたまま動けないいたくさんの脚、ほつつと消える

夕ぐれに紛れて桜を伐つてをり新病棟A建設用地

読みさしの岩波文庫が置いてある父の書斎にまた冬が来る

雪色のイーハトーブの病室に縛られてゐる父もわたしも

透きとほる点滴バッグに反射する春の陽ざしが吊るされてゐる

点滴の針を抜きたる皮膚に咲く濃い紫の木蓮の花

薄闇に「熱があるな」の低きこゑひろひてしづかな眠りにおちる

骨格の重みしかない父のゐる病室に春の陽は満ちてきぬ

砂鉄の浜

夏油《げとう》湖に影を落として離水する白き一羽は足環を嵌めて

青空を渡りゆくなり方言を持たない鳥の呼び合ふ声が

絵画なら遠近法の効いた道　消失点に雷雲の湧く

なめらかなまひるの夢に鳥が笑むホースのやうに長い一日

本降りになるかもしれぬ黒々と太つた夜の雨を集めて

スチールに反射してゐる灯のほとり　父の肺腑が綻びはじむ

霧色のライトに沈むぬばたまのX線写真に胸水を見る

夕闇の深まりてくる病室で時々午後のかなしみを言ふ

みちのくのはるけき空を恋ふ父の肺は翼のかたちをたもつ

病む人とたまごのやうに眠りをり朝の光が洩れてくるまで

死に近き父の眠れる窓辺より夜明けが雨に滲みつつ来る

モニターの乾いた音に慣れてゆく（看護師さんはなかなか来ない）

握る手にひじやうに白く降る光　耳はラジオの笑ひを拾ふ

遠のいた北の海から吹いてくる風のしよつぱさ祈りの息は

なつかしい写真のやうに眠りゐる父の口から薄荷が香る

鉄輪がびんびん回る踏切の警報灯に赤く濡れつつ

父の死を伝ふる声が掠れをり砂消しゴムで擦つたやうに

そのままに置かれてゐたる父の死に立ち会ふ虹の立ちいづる朝

父はもう生きてゐないが生きてゐた昨日の父と変はらない父

角膜は澄んでゐるなと見てゐたり薄ら日にわたしただ透きとほる

白樺の根もとに昏く眠る蟬　わたしは夢のなかにゐるのか

生きてゐるひとのものなり病室は　清掃のひとの制服が過ぐ

やはらかい雨の近づく昼下りクリームパンを柩に入れる

喪主となるわたしを思つたことなんてなかつた白い葬祭場で

日焼けしたラベルのやうな表情で写真の父が見てゐるこちら

字を知らぬわたしを連れてイトーキのジュニアデスクを選びたる父

鰐園の鰐の眼、父にふと見えてゐるのかわたし生きてゐるのか

ジャポニカのマス目ノートを埋めつくす「あ」は朝の「あ」だ。「あ」「あ」、花が咲く

ワイシャツを捲つた腕にぶら下がるわたしは大きく実つた糸瓜

戸籍から抹消さるる父の名よ平歩《へいほ》はショートピースを愛でき

あなとほき砂鉄の浜を均しゆく海をくぐりぬ二羽の黒鴨

五線紙を見つめるやうに立つてゐる赤い灯台／白い灯台

わたくしの涙にからだをとぢてゆく雨の嫌ひな松ぼつくりは
はみだせるセロハンテープの裏がはに濁つた指紋の白さが残る
紫陽花の青を濃くする雨音に「詩歌の森」が包まれてゆく

鎌倉に戻った。

コンビニにビニール傘を捨ててゆくいつもの朝に戻る雑踏

「おはやう」とあいさつをする音のない鏡の中のわたしの顔が

つつましく朝のご飯を食べてをり菜の花いろのプレーンオムレツ

透明なケースに残る新品の父の名のなきタオルやパジャマ

制服のリボンを黒く湿らせて雷雨となりぬアベリアの道

おがくづに眠る香りのすこやかな林檎を父の包丁で剝く

複雑に裂ける白さは咲き残る鉢に揺れゐる父の鷺草

逃げ水のやう

どうやつて処分するかが仕事とふ青年と見る父ははの家具

とどかない言葉のやうに立つてゐる明日伐られてしまふ桜が

一本の杭があるらしこの部屋につながれてゐるわたしの心

ぼんぼりの淡きひかりに照らさるる女雛のしろき百歳の顔

どつしりと大樹のやうに建つ家を壊さむとする重機に礼《ゐや》す

蠟燭のともしびほどの静けさをたもつしんどさ　破るしんどさ

そらまめのさやをふはふは剝いてゐる硝子戸に映るわたしとわたし

耳たぶが微熱のおもりになつてゆくまどろみの境にゐたりこの夕

お帰り、　と背骨にひびくこゑがする近くてとほい回想として
逃げ水のやうに消えては浮かびくる今は更地の父母のゐた家
飴いろの梅酒もわれも森閑と月のひかりに晒されてゐる

午後の火星

ポリエチレン袋ばわつとおほ空を覆ひぬ　近い、近いな、雨が

ちゆうしんがひえきつてゐるかたゆでのたまごをよるのキッチンに剝く

アスファルトの道黒々と湿らせて当分雨がやみさうにない

ひつたりとくつついてくるレジ袋とうすみ蜻蛉の翅よりあはく

しばらくは首を垂らしてゐるだらう大気の薄き午後の火星に

残りたる名刺の束が抽斗の奥にちらばるしらしらと雪

雪国へ走る列車がわたくしの影を立たせて踏切を過ぐ

卓上の林檎に夕陽が射してをり監視カメラが覗きゐる部屋

しはぶきの種いきいきと育ちゐる鉢であらうよわたしの肺は

湖は保存してをり貝塚に誰かが棄てたペリカンの骨

食ひ尽くすまへに買ひたすいつかうに減らぬ〈緑のたぬき〉のたぐひ

桃色のモバイルに棲む鳥だらうさびしいひとの形代として
やはらかい春の日ざしをからませてフレアースカートのやうなおしやべり
夢にゐて牛乳壜を運びをりりりりり、りりりんとベルを鳴らして

ゆつくりと日差しがかげる三月の空き部屋みたいな体を洗ふ

Yシャツの背中に触るるすこやかな指からはじまるまつ白な雨

どんなこゑだつたのだらうあのひとは薄くメールの先にゐるひと

電源を切りたる画面にうつりこむ雲は静かな午後をただよふ

笛の音に合はせてみんな西を向く風向計となりたる子らが

影のない真昼の牛乳工場を見おろすわたしは草の丘から

くちなしのかをりあふるる病室に面会謝絶のわたしが眠る

とほくから叱声とどく夕間暮れどこかの町で踏切が鳴る

さつきまでここにゐたのにもうゐないわたしの瞼を閉ぢる看護師

もぎたてのレモンのやうにかをるだらうあなたの選ぶ夏の絵はがき

君と君へのものがたり

キャンパスの駐輪場を埋めつくす鰯のやうに光る自転車

ドイツ語の教室にゐてだすですですでむ、 でも好きと言へずにきらり揺れをり

エレガントな思想のやうな数学を銀杏の下に君と語りき

こはれゆくことばのセルを見詰めゐる翡翠のやうな目をして君は

やや寒き雨の匂ひにほどけゆくからくれなゐのきみのくちびる

電柱に巻きついたまま枯れてゆく蔦のやうですきのふの君は

とつぜんに夕日の強く差し込みて旅立つ君のメール、読めない

寝袋にほそい体を綴ぢてゆく研究室の午前二時半

ミッドナイトブルーのインクが好きだつた先生わたしを覚えてますか

薄紙につつまれてゐるキャラメルのかをりをひらく細いゆびさき

むづかしい数式みたいに連絡のつかないきみのメールアドレス

黒板に消し忘れてゐる数式の下に小さく「好き」と書きたす

セロファンに包まれてゐる初恋の記憶にいつも笑つてるきみ

美しきガラスの糸のやうだつた実験室の思ひ出はいつも

くれなゐの夕陽の束が反射する鏡の中に君はゐますか

無限の泡

白黒の集合写真にうつりたる顔のどれもがわたくしを見る

ああ、声はかはつてゐない（お互ひに）写真に笑まふこの子とあなた

くるくると光と影を呑み込みぬ川面にひとつできたうづまき

ひとりでもさうでなくても寒がりのわたしがいつもかたはらにゐる

おだやかな副詞をえらぶうつくしく生きてゐるとは言ひがたき日に

氷雨より冷たい猿の指だつたあの小さく握る黒きてのひら

ふつさりと雪ふる夜の終電に間に合ふやうに出てゆけといふ

すれちがふ青白い顔くちびるがマスクの下に隠されてゐる

とほい世の落葉松林だつたらうお湯にほどけるチキンラーメン

ひさかたの雪平鍋に濃くあはくミルクの香りことことと湧く

あいまいな性分さへも浮かびゐる証明写真のわれの口もと

排水の無限の泡をとぢこめて春になるまで氷が覆ふ

Ⅱ

CEN

かなしみのセル・セル・セルがちらばつて軋みはじめるコロニーCEN

あきるほど生きてゐようね約束を乾いた指と指にからめて

ひたすらにタイムチャートをかいてゆく回路設計者だってさ　僕が

ＫＡＷＡＳＡＫＩの雨のゆふぐれ　ランダムに突つこむデータの塊に鯱

かすかなる光のパルスに同期してがががときみが落ちてゆきます

ゲハイムバスィス《秘密基地》のやうな家から段ボール十箱分のソフトを運ぶ

４ビットのＰＣ－１２１１《ピタゴラス》が動かない　あなたの指の記憶ゆ消えて

あかねさすきみとまどろむ節電を励行してゐるＫＡＷＡＳＡＫＩ工場《Fabrik》

法則をつてすぐにいふから理数系つて嫌。だけど好き。どつちなの、きみ

コンクリート打ちつぱなしのゾーンターグ《にちえうび》　仕事場へ僕がエスケープする

ああ、なんて長い指なのＣＰＵに液体窒素を注ぐきみの手

泥くさき二十世紀の少年が僕の背中に憑いてゐますが

真つ直ぐな姿勢のままに意識だけつひにぶつ飛ぶあからひく朝

わすれものしたやうに思ふメモリーのどこかにきみがゐるんぢやないの

セルホーンの機種変更でビンゴだな　そらみつやまとの美《は》しき五月に

最終のNAN《南》BU《武》－LINIE《線》を待つうつしみのオン・オフどこかがもう壊れてる

なんといふ朝の光だ信仰をトルソーだけに集めたフォルム

十万のアルバイターを吸ひ込んで（入道雲だ）ＣＥＮが目覚むる

楽譜

いそがしい天気だ雨にうたれたり汗ばむ初夏のひかりになつたり
錆びてゐるノブの匂ひも混じりをり浴蘭月の湘南の砂

紺色のスクール水着の子が並ぶ休止符のない楽譜のやうに

ともだちと来るはずだつた夏、海が黒曜石となりて輝く

開いたら袋の中で割れてゐる鳩サブレ――のまるいおなかが

ポケットに岩波文庫を突つ込んでひたひたひたひた戦争が来る

ニッポン！　と叫ぶあなたの唇がポンのところで皺をつくつて

乾きたる路上に蟬を拾ふひと　烏骨鶏の餌になるとふ

街角に黒き日傘をとぢる指　あなたの顔が思ひ出せない

おだやかな比例のやうに影のびてほつそりとしたわたしと出会ふ

伸びてゐる自分の影の先端に触れることなく上る坂道

二秒後のわたしがそこにゐるだらう今の自分の影の頭に

フォロワー

解釈の分かるる（ちがふ、こはれてる）歌ありネットの中を漂ふ

青空を鳥のかたちに切り抜いて摑む／離れるフォロワーの数

夏の陽を浴びながら飛ぶギリシア文字γを青いノートに写す

ふしぎだわ。空に溶けてるこの窓はクリームパンのやうにやはらか

おだやかな呼吸のリズムに午睡するたとへば白いカーテンだ、ぼく

あざやかに削ぎたる耳を詰めてゆくパン工房の若きアルバイター

ほどけない結び目みたいにややこしい味でありしか小倉トースト

塩漬けの肉を炙りぬバーナーのくらいところに熱を集めて

わたしだけしらずにゐたり勾玉となりて朝まで眠るわたしを

機能する受け付けませんが機能する仕掛けられてるニューメリックロックキー

閉めます閉めますドア閉めます次乗つて下さい息が切れます

満員の回送列車が並走す　乗客だけがそれを知らない

葦の根の夜を舐めゐるそのをみな東京メトロの暗闇に棲む

青い火をズボッと点けて手のひらを炙る雨夜のシステムキッチン

定型外郵便物をねぢりこむＤＭだらけのポストの口に

スイッチ

朝刊をビニール袋に閉ぢてゆく　雨を知らせる始まりとして

ぼんやりときのふの酒を思ふときわたしはまるで耳のない貝

少しだけ翳つたやうだこの森のどこかにきつとスイッチがある

あたたかい色とおもふがオレンジの低い夕日の冷たさつたら

そのままにいつしか眠つてゐたらしいアンドロイドを鞄に入れて

摑んだらぱりんと割れてしまひさうクローンで殖える透明な魚

もう溶けてしまつたらうね未来史のどこにもなかつた三面鏡が

ひつそりと書棚の奥のしらまゆみＨＡＬ９０００はだれを待ちゐる

びつてずいんげんずいーびつて《ねえうたつてうたつて》なつかしきデイジーの歌うたつてよＨＡＬ

午前二時しまふくろふの鳴き声を呼び出してゐる電子辞書から

ひそやかにＰＬ／Ｉが呼吸する世界は古き言語で動く

指先をスマートフォンに滑らせる指紋をもたないアンドロイドが

やや蒼きレモンのやうな学び舎に人工知能のをばさんがゐる

あかねさすひるむんばいの夢に棲むなんでもありさと笑ふマハラジャ

さかさまに見てごらんなさいよＰＣの回路図みたいぢやないか、世界が

櫛

明け方の眠りをうつつにシフトしてキッチンに飛ぶわたしの意識

きんいろのすすき野原のしづけさに潤ふわたしは櫛を挿しつつ

かさりとふ音を辿ればひそやかなたのしみとして落葉ふむ鳩

乾きたる種子にいのちがあるなんて（ふしぎ）眠つてゐるだけなんて

石となり今はわたしの部屋にゐる雪を知らないアンモナイトが

ロプノールのほとりにとほく眠りをり少女は霧の博物館に

シルル紀の夕日に染まる海岸にあなたの耳が落ちてゐました

水道の水をはじいた手のひらに小さな虹が飛び出してゐる

大仏の翼

とぢてゆくわたしはただの砂粒になりたいだけよ目だけ遺して

アイバンクに連絡をしてください（どこにゐますか　だれかゐますか）

全長は百メートルとふ豆腐川ぼつそぼつそぼ冬を流れる

ぬばたまの固定電話が鳴るゆふべほろろほろろんほろろろろ、ぷちつ

まよなかのユニットバスに柚子二つ浮かべて冬のどん底もよし

あまりたるひとりとなりてその日よりただ立ち尽くす人体模型

切れてゐる時計のバンドを呆然と見つつ　だるいな　加湿器の音

みつしりと水ををさめる不凍湖の痛みをしらぬ魚しづかなり

何気ないことばに冬の夕焼けが修辞のやうに紛れこんでる

大仏の背中に二つ窓があるあれは翼の生えてゐた痕

目の奥に小さな錘があるらしいときをり赤く発光するが

コーヒーの香りをデスクに置いたまま朝までひとりの余白に眠る

地下鉄の耳

いたましい金属音がのびてゆく　Kのメールを読んでゐたとき
強き雨弱き雨にも気づかない地下鉄の耳となりしか、この日

齧つたらたしかにあつたドーナツの穴のありかがもうわからない

誤動作が始まつてゐる　発熱に苦しむひとがぐづりと溶けて

「お客さん着きました」つてタクシーに乗りたるまでは覚えてゐるが

むらさきにふるへるひとをあたためる毛布もあるいは言葉もなくて

タミフルを舌にのせをり地下室の鏡の中に薄目を開けて

ねえKがわらつてゐたねでもKつてだれだつたらうどこで会つたらう

からみつく炎の熱さもわからずにもうすぐかたちがなくなるわたし

文法がごちやまぜになるなづきより零るるきみは「さみしいリカちやん」

クラウド

首よりもすこし長めのモバイルがぢりりつぢりつと震ふ、　鋭く
わたしたち五分で解ける関数の軌跡をなぞつて地下室にゆく

保育所に逆もどりの春　作業着が技術屋女子のボディを隠す

土曜日をまるまる講座に費やしぬ　単純なれど奇しき回路の

クリティカルパスを頭に描きつつ理想は理想と言ってやりたい

卓上に資料五枚が置かるるにまづ釈明を聞かされてゐる

薄闇にアドレスひとつ削除するつららの落ちる音を聞きつつ

クラウドにタッチしてゐるたましひが蜆の体を抜け出さむとす

窓窓をましろき息に曇らせてバスが行き交ふ零度の町を

斑《ふ》の浮かぶ鏡の中は寒くつてラジオの音が反射してゐる

コード

ゼラチンで固めてしまふ三月の雪の話をしようぢやないか

「おやすみ」を言へないふたりが堕ちる炉を満たす「甘いわ」Zuckerwasser

プラントを監視してゐるきみの手が背中にのこす焦げた爪痕

脱出ができなかつたわ　地下室の雨の匂ひにきみが潤ふ

ユニットを外せばきみはうすさむい春に呼吸を止めるシステム

指先に生まれて消える言葉たち　光のコードは正確だつた
おだやかにここにゐますと空に告ぐ　高層ビルの赤い光が

マジックランタン

地下室の扉に仕掛けたパスワード「ＪＵＭＯＮ・ＭＯＮＪＵ」をほどく指先

漆黒の眠りにきみは獏を飼ふびくんとひとつ肉ふるはせて

ＰＩＮ番号教へてもいいくもりなきガラスで編んだきれいな指に

よく生きてゐますねなんていふひとの欠けてしまつたサイダーの壜

明け方をひらく小さな鳥だつたあなたの肩を抱きしめてゐる

忍びこむスパムの正体〈少年〉をブロックしてゐる白い指先

うつすらとシリコンバレーを意識する埃だらけのメモリーセルに

波ひとつたたぬ地底湖　水底に保存してゐる設計図…石《LSI》…

まっしろな雨に打たれる真夜中のぼくを何度も予測してゆく
セキュリティホールをくぐってきみはもうぼくの記憶の幻灯《マジックランタン》

レンズ

やはらかいレンズがたくさん浮いてゐる空のすみから春がはじまる

ほどきたるスカーフの赤ゆつたりと広がるいつかの呼吸のやうに

休止符のかたちに眠るあどけないあなたでメモリーカードはいつぱい

澄みわたるコンソメスープを飲み干して「おはやう」徹夜のわたしの身体

ぬばたまの夢にあなたの飼ふ獏の爪を剥がして震へてゐたり

一度だけハンドルネームが暴かれてほんとのわたしを見せてしまつた
誰だらうわたしのすべてをもぎ取つてデータベースに保管してゐる
ふさはしいくるしみだけを受け入れる落葉樹林のメールボックス

動かない体の向かうにからつぽのコーラの壜が転がつてゆく

冴えてゐる出会ひのやうさマガジンにはればれとしたきみを見つけて

ゆるやかなカーブを走る国道に雨のにほひが迫る　速いな

かもめ町放置自転車保管所に春の潮の香ゆつたりと満つ

詩が待つてゐる

定家のこゑを聞きたきゆふべなり雨の深まるとほい雫に

ときをりを歪なリズムにキーを打ち詩集一冊うつしとる夜

水色の付箋紙を貼る指先にほのかに本のにほひが移る

ねむたくてねむれぬ指で打つキーの音の先には詩が待つてゐる

解説　北からの風と言葉

加藤治郎

二〇一〇年八月。私は、宮沢賢治学会の夏季特設セミナーに参加した。会場は、宮沢賢治イーハトーブ館ホールである。「賢治短歌の謎」というテーマで講演を務めた。賢治の短歌は幻想的である。短歌におけるシュールレアリスムの先駆けと言うべきものだ。

講演の日、タクシーで会場に向かう途中、佐藤通雅さんにイギリス海岸を案内していただいた。イギリス海岸という名前で風景が一変する。言葉の力である。

そのセミナーに大西久美子は参加していた。セミナーの合間か懇親会の席だったたか、少し話した記憶がある。熱心な人という印象であった。その私が、いま、大西久美子の出発に立ち会っている。縁というほかない。

新しいチョークのやうに立つてゐる分校跡地に残る白樺　「なはん」

なんとなく語尾に「なはん」とつけてみるやさしい岩手の風を感じて　同

スカートのレエスは氷でできてゐるイーハトーブの冬の車輌は　同

0番線プラットホームに雪を踏む「しばれるなはん」のこゑを聞きつつ　同

面会の記録ノートが埋まらないグループホームに九人が住む　同

I部を読む。歌集は、ふるさと盛岡のスケッチから始まる。ふるさとは風景であり言葉なのだ。分校跡地の白樺は鮮やかである。チョークとは率直な比喩だ。「なはん」という柔らかい語感が心地よい。「なはん」とは「…ね」という感じの微妙なニュアンスである。ふるさとのやさしさを思い、自分も「なはん」とつけてみる。そんな気分が楽しい。盛岡には入院している父がいる。見舞いのために鎌倉から通う生活が見えてくる。面会の記録ノートの空白。九人住んでいるのに、訪れる人が少ないということだろう。こういう描写に厳しい現実が滲んでいる。冬の車輌やプラットホームという駅の場面が多いのは、往来の日々の現れである。そして、こころにはイーハトーブという詩の原郷があるのだ。

輪郭をくづして淡くひそほそとひそほそと降る盛岡の雪　「水」
修復を待ちゐる線路のクラックに溜まつた水が凍りはじめる　同
ここはもう人なんてゐないひあふぎの貝が自在に泳ぐ海原　同
病床の父に会ふためのつてゐるエレベーターよ　わたし、さみしい　「クランケンハウス」
なめらかなまひるの夢に鳥が笑むホースのやうに長い一日　「砂鉄の浜」
やはらかい雨の近づく昼下りクリームパンを柩に入れる　同
喪主となるわたしを思つたことなんてなかつた白い葬祭場で　同
逃げ水のやうに消えては浮かびくる今は更地の父母のゐた家　「逃げ水のやう」

東日本大震災後の盛岡である。父のもとにすぐ駆けつけたいがそれも叶わないのだ。雪が降る。輪郭の歌は、瓦礫を想ってみるとよいだろう。雪が瓦礫を覆ってゆく。静かにそして淡く降る。痛ましい輪郭を柔らかく崩してゆくのだ。「ひそほそ」という音が地上を撫でるようにやさしい。

海沿いの風景を見る。人間の営みは流された。もう人の姿は見えない。遠く海原を見る。そして想うのだ。ヒオウギガイが泳いでいる。その姿は少しユーモラスですらある。哀しみの淵にいて、そういう生き物の活力を想像することが救いだったのだ。

震災を経て父の病は重くなる。病棟のエレベーターで感情が流露する。「わたし、さみしい」、直截である。こういう率直さがむしろ新鮮だ。一字空けや読点の呼吸が巧く、周到に用意されていることが分かる。喪主の歌もストレートである。こういう吐露があっていいのではないか。複雑化した現代の表現に対する作者の短歌観が現れている。

ふるさとの家は解体された。父が亡くなったこと。そして、東日本大震災の影響があるのかもしれない。更地という言葉が沁みてくる。

法則をつてすぐにいふから理数系つて嫌。だけど好き。どつちなの、きみ　「CEN」
ひつそりと書棚の奥のしらまゆみHAL9000はだれを待ちゐる　「スイッチ」
ひそやかにPL／Iが呼吸する世界は古き言語で動く　同
シルル紀の夕日に染まる海岸にあなたの耳が落ちてゐました　「櫛」

おだやかにここにゐますと空に告ぐ　高層ビルの赤い光が「コード」

かもめ町放置自転車保管所に春の潮の香ゆつたりと満つ「レンズ」

ねむたくてねむれぬ指で打つキーの音の先には詩が待つてゐる「詩が待つてゐる」

Ⅱ部は、サイバーパンク的な世界から始まる。Ⅰ部から鮮やかな展開と言うべきだろう。こちらでは、都市の風景が中心となっている。荒涼としたカワサキ・シティで、存分に動く主人公がいる。

大学では数学科に在籍し、卒業後は、LSI、VLSIの開発・設計業務に従事していた。いつだったか、そんな話を作者から聞いたことがある。そういう背景も作品理解のヒントになるだろう。Ⅰ部に、学生時代の回想があったことも思われる。ドイツ語がベースにあるのだ。

PL／Iの歌は、世界の本質を突いている。大西久美子ならではの作品と言える。それでも「かもめ町」の歌には、Ⅰ部に通じるやさしさがあるのだ。

HAL9000は、「2001年宇宙の旅」に登場する人工知能である。「しらまゆみHAL《ハル》」のようにときおり現れる枕詞は、数式的な発想から来ているのかもしれない。周到な修辞も理数系の頭脳の産物である。作者は、歌の法則を求めているのだ。そう想像することは楽しい。

この歌集が多くの読者に届き、短歌の世界を開いてゆくことを願う。

二〇一五年二月三日

あとがき

これは、私の第一歌集です。二〇〇七年から二〇一四年までの作品より選出した二九五首を収録いたしました。

イーハトーブ。岩手に生まれた私は、宮沢賢治の本を手に取るといつもふしぎな懐かしさを感じます。気づいたら、まるで故郷に流れる雲や雪、光を見ているように引き込まれています。賢治の作品にはそのような魅力があります。『風の又三郎』に二つの数式が出てきます。「九月二日」の教室で、先生が黒板に、三年生のこどもに引き算（$25-12$）を、四年生のこどもに掛け算（17×4）を書く何気ない場面です。小さな数式をノートに書き写す幼い私と重なりました。

入退院を繰り返す岩手の父のもとに私は鎌倉から頻繁に通っておりました。

東日本大震災の起こった二〇一一年三月十一日、父の安否確認を取ることができませんでした。

停電により情報が遮断され、最寄りの大船駅は寒さと不安に震える帰宅難民の方々で溢れ返り、こんなにも闇が深いのかと思う夜が来ました。ここで目に飛び込んできた被災圏のテレビ映像に私は言葉を失い、下を向きました。東北新幹線の全線が開通した四月の終わりに、私は再び岩手に出かけました。

宮沢賢治が厳しい風土の岩手にイーハトーブという理想郷を意識したことを思うと、震災後の再びの歩み、創造、海、遠い時間、浜辺、詩、祈り、再生へとイメージが広がってゆくように思いました。

東北との往来を繰り返す中、時間の合間を縫って、日本現代詩歌文学館（岩手県北上市）の篠弘館長による「短歌実作講座」、仙台文学館の小池光館長による「小池光短歌講座」、「仙台文学館ゼミナール」の一環として開講されている佐藤通雅先生による宮沢賢治の作品を読む講座に参加していた私は、被災圏で東日本大震災後に発信される歌に深く触れてゆくことになります。

「レンズ」は「短歌研究」二〇一二年八月号に第五回中城ふみ子賞佳作として掲載された同タイ

トルの作品を、また、「午後の火星」は「短歌研究」二〇一四年八月号に第六回中城ふみ子賞次席作品として掲載された同タイトルの作品を一部改作して収録しました。

歌集の出版にあたり、岡井隆先生、加藤治郎先生をはじめ、未来短歌会の皆様に厚くお礼申し上げます。細やかにご指導下さいました加藤治郎先生には解説文も賜りました。重ねてお礼申し上げます。私を短歌の世界にお導き下さいました香蘭短歌会の香山静子先生、短歌を通じて出会ったすべての方々に感謝の気持ちをお伝えしたいと思います。出版に際し、書肆侃侃房の田島安江様、園田直樹様、そして、この歌集のために快く表紙装幀デザインをお引き受けいただきました花山周子様、ほんとうにありがとうございます。感謝の気持ちでいっぱいです。

二〇一五年二月八日

大西久美子

■著者略歴

大西久美子（おおにし・くみこ）

岩手県盛岡市生まれ。神奈川県鎌倉市在住。
2006年　香蘭短歌会入会。
2014年　第六回中城ふみ子賞次席。
　　　　香蘭短歌会退会。
　　　　未来短歌会入会。加藤治郎に師事。
Twitter : @93502011

「新鋭短歌シリーズ」ホームページ　http://www.shintanka.com/shin-ei/

新鋭短歌シリーズ20
イーハトーブの数式

二〇一五年三月二十日　第一刷発行

著　者　大西 久美子
発行者　田島 安江
発行所　書肆侃侃房（しょしかんかんぼう）
〒八一〇・〇〇四一
福岡市中央区大名二・八・十八・五〇一
（システムクリエート内）
TEL：〇九二・七三五・二八〇二
FAX：〇九二・七三五・二七九二
http://www.kankanbou.com　info@kankanbou.com

監　修　加藤 治郎
装丁・装画　花山 周子
DTP　園田 直樹（システムクリエート・書肆侃侃房）
印刷・製本　瞬報社写真印刷株式会社

ISBN978-4-86385-175-7　C0092

新鋭短歌シリーズ ［第2期全12冊］

今、若い歌人たちは、どこにいるのだろう。どんな歌が詠まれているのだろう。今、実に多くの若者が現代短歌に集まっている。同人誌、学生短歌、さらにはTwitterまで短歌の場は、爆発的に広がっている。文学フリマのブースには、若者が溢れている。そればかりではない。伝統的な短歌結社も動き始めている。現代短歌は実におもしろい。表現の現在がここにある。

「新鋭短歌シリーズ」は、今を詠う歌人のエッセンスを届ける。

19. タルト・タタンと炭酸水　　竹内　亮

定価：本体1,700円＋税　四六判／並製／144ページ

清々しい言葉の深みへ

光あふれる風景の中で、命がよみがえる

東　直子

20. イーハトーブの数式　　大西久美子

定価：本体1,700円＋税　四六判／並製／144ページ

イーハトーブからの風と言葉。

東日本大震災後のふるさとに立つ。
もう一度、ここから詩が始まる。

加藤治郎

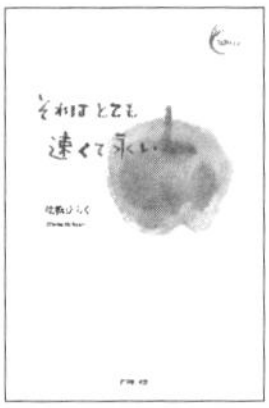

21. それはとても速くて永い　　法橋ひらく

定価：本体1,700円＋税　四六判／並製／144ページ

ふたたび走り出すために

いつかうけとったあなたの言葉が、
新しい光になる

東　直子

好評既刊　●定価：本体1,700円＋税　四六判／並製（全冊共通）

13. オーロラのお針子
藤本玲未
言葉が紡ぐ自在な世界
東　直子

14. 硝子のボレット
田丸まひる
行為の果てにあるもの。
加藤治郎

15. 同じ白さで雪は降りくる
中畑智江
「うつつ」を超える「ゆめ」
大塚寅彦

16. サイレンと犀
岡野大嗣
命を見据えて
現代を探る
東　直子

17. いつも空をみて
浅羽佐和子
今を生きる
ワーキングマザーの歌
加藤治郎

18. トントングラム
伊舎堂　仁
少し笑ってから寝よう。
加藤治郎

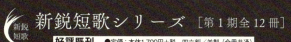